Maurice Renard

CHÂTEAU HANTÉ

Un jour – c'était avant la guerre-, on m'apprit que le duc de Castièvre venait d'acheter le fameux château de Sirvoise. Et, quelques semaines après, par une lettre scellée à ses armoiries, M. de Castièvre me conviait à le rejoindre dans sa nouvelle résidence.

« Ma femme s'est mis en tête que je me porte mal, écrivait le duc, et que vos soins me sont nécessaires. Il me semble pourtant que ma santé ne laisse rien à désirer. Mais vous me voyez trop heureux de pouvoir satisfaire, avec le désir de la duchesse, la grande envie que j'ai de vous recevoir ici. Venez. »

Mon amitié pour lui et la connaissance que j'avais acquise de son tempérament nerveux – pour ne pas dire plus – me firent un devoir de répondre à son appel. Je décidai de lui consacrer mes vacances.

Le château m'apparut au soleil, historique et grandiose, comme l'une des plus merveilleuses créatures de pierre que la Renaissance ait enfantées. On peut croire là-dessus les tableaux, les gravures et les cartes postales : Sirvoise est bien ce miracle d'architecture qui, dominant la Loire sablonneuse, édifie sa blanche apothéose sur un fond de collines douces, crespelées de forêt.

M. de Castièvre m'attendait au perron. Bien que mon arrivée le ragaillardît manifestement, je fus frappé de son aspect sinistre. Il s'obstina toutefois, en ricanant :

– C'est la duchesse qui a réclamé votre concours. Je ne vais pas mal du tout, allons ! Comme toujours ! Comme toujours !

La jolie Mme de Castièvre me regardait avec des yeux remplis d'inquiétude.

Elle voulut m'accompagner elle-même à la chambre qui m'était destinée. C'était pour m'instruire de l'état de son mari.

Quand ils s'étaient installés, elle et lui, à Sirvoise, le duc avait d'abord montré beaucoup de belle humeur. Tout le ravissait dans son acquisition. Il s'employait avec feu à l'entretien du château, à sa restauration, à l'étude de son histoire. Mais, lentement, la vieille ennemie funèbre, l'affreuse hypocondrie dont je croyais l'avoir délivré, avait remis la griffe sur sa victime… La duchesse ne démêlait pas la cause de cette rechute, parmi les innombrables soucis dont tout homme est importuné, qu'il soit duc ou gagne-petit. De ces mille contrariétés, quelle était celle que la névrose avait grossie et déformée pour s'en nourrir ? Mystère. En ceci, M. de Castièvre éludait toutes les questions, rebutait toutes les sollicitudes. On comptait sur moi, son confesseur laïque, pour tirer de lui l'aveu de sa chimère et la peinture de son obsession.

Je promis de me mettre à l'œuvre sur-le-champ.

Une heure avant dîner, M. de Castièvre et moi, tous deux sous le smoking, nous nous trouvâmes tête à tête dans un salon du meilleur XVIème siècle. J'en profitai pour faire parler mon malade.

Au bout d'un certain temps, après avoir multiplié les « mais non, mais non, je n'ai rien qui m'ennuie, je vous le jure ! », le duc finit par reconnaître que « tout de même, peut-être, mais si peu… »

– Oui, vous m'y faites penser : une chose me taquine, tenez, c'est vrai !

– Laquelle ?

– Ceci entre nous, n'est-ce pas ?… Vous savez, reprit-il en fronçant les sourcils, que je suis propriétaire de Sirvoise depuis quelques mois seulement. Vous savez aussi, comme tout le monde, que je le convoitais depuis des années… Eh bien, cette longue et légendaire convoitise, c'est elle qui est l'origine de mes ennuis présents !… Mon cher, il faut vous dire : j'ai eu Sirvoise pour un morceau de pain…

– Allons donc ?

– Un morceau de pain, vous dis-je. Parce que Sirvoise passe pour être hanté !

Le duc souriait d'une manière ambiguë. Il poursuivit, sans répondre à mon interrogation muette :

– Alors, voilà maintenant que tout le pays proteste. On dit dans les environs que c'est moi qui ai semé cette fable, monté ce coup, commis cette fraude enfin, pour déprécier le château et l'avoir à bon compte !

– Voyons ! il s'agit là d'une plaisanterie de clubman, tout au plus, d'un ragot de cercleux médisant, qu'on répète sans y ajouter foi…

– Non, non, je vous assure. Il y a des gens pour m'accuser sous le manteau ; premièrement ceux que j'ai frustrés dans leur espoir d'acheter le domaine à plus bas prix encore… et qui riraient bien si je le revendais !… C'est ainsi. Pourtant, Dieu sait si j'ai rien dit, rien fait qui pût accréditer cette histoire de revenant !

Un soupçon me vint, à regarder briller les prunelles de mon interlocuteur.

– Hanté ! m'écriai-je, feignant d'être au comble de l'intérêt. Voilà qui me passionne ! Je raffole des esprits, moi ! Comment ! Sirvoise serait hanté ? De quelle façon ?

Mais, de sa main levée, qui était longue et blême, le duc m'imposa silence et dit sévèrement :

– Oh ! mon ami, trêve de finasseries, voulez-vous ? Ne me *cuisinez* pas davantage. Et faites-moi la grâce de croire que le fantôme de Sirvoise ne m'empêche pas de dormir. Je ne suis pas fou. Sachez cela : *je ne passe pas mes nuits à écouter s'il rôde le long des couloirs, depuis les douze coups jusqu'au chant du coq. Je vous ai dit la vérité.* Mon seul ennui provient de ces médisances, fort peu de chose en somme ! et que, oui, que j'ai sans doute enflées…

M. de Castièvre ayant prononcé singulièrement une phrase singulière, je crus devoir continuer un instant sur le même sujet :

– Loin de moi la pensée de vous cuisiner, mon cher duc ! (C'est ainsi qu'il aimait que je l'appelasse, en dépit des usages.) Mais je vous atteste que les maisons dites « hantées » ont toujours exercé sur moi l'attrait le plus puissant. Je vous en prie ! Comment se comporte-t-il, votre spectre ?

Le duc haussa les épaules et fut évasif :

– Bah ! le cliché traditionnel ! Des pas lourds dans la nuit, accompagnés d'un cliquetis de ferraille, par les corridors et les escaliers… Qu'une telle sottise ait pu décrier le château, c'est inconcevable ! Vous verrez, demain, quelle merveille !

Cependant, je suivais mon idée de médecin :

– Voyager vous déplairait ?

– Oui, morbleu ! J'aime trop mon beau Sirvoise !

– Alors, suivez le traitement qui vous a si bien réussi naguère : le sport, les fêtes, le monde…

Une grimace de dégoût précéda la réponse :

– Oh ! Oh ! Je suis si… si voluptueusement bienheureux dans la solitude ! Je me plais à revivre ici le passé royal du château, qu'on évoque sans difficulté…

– Quoi ! la solitude à Sirvoise ? Vous n'y recevez personne ?

– Personne.

– Détestable hygiène mentale ! Et puis, franchement, s'il court de faux bruits sur votre munificence, ce n'est pas le moyen de les étouffer ! D'autre part, on dira que vous avez peur et que vous n'osez plus vous montrer depuis la « bonne affaire ».

Mes arguments avaient-ils porté ?

– C'est vrai, murmura le duc. Puis, se reprenant : Au reste, quand je dis « personne », je me trompe. Nous avons ici la sœur de ma femme, vous savez : Mme de Soucy. Et, chaque soir, son fiancé vient de Tours, dîner avec nous. Un joyeux drille, celui-là !

– Mme de Soucy va se remarier ? demandai-je surpris.

– Tiens ! (quel prodige ! Une veuve de vingt-trois ans !…) Oui, docteur, ma belle-sœur Diane épouse le comte de Rocroy, lieutenant de cuirassiers, en garnison à Tours. Vous allez le connaître dans un moment.

– Eh bien ! m'écriai-je, la présence de ces accordés ne vous semble-t-elle pas motiver quelques divertissements ? C'est le cas ou jamais de réunir à Sirvoise tous les châtelains du voisinage. Et il doit y en avoir !

Il y en a beaucoup, et la plupart sont de mes relations ; mais...

Allons donc ! Qu'attendez-vous, alors ? Chaque jour devrait apporter son rallye, son bal, sa fête !

– Ici ! Ici ! répétait le duc d'un ton scandalisé. Une fête dans cette vieille demeure !... Déranger les souvenirs !...

Il avait l'air d'un somnambule qui se parle à soi-même et qui a peur de sa propre pensée. Je sentis que ce n'était pas l'heure d'insister – d'autant que, sur ces entrefaites, la cloche du dîner sonna.

Nous passâmes dans une autre « salle de compagnie » où la duchesse de Castièvre et la baronne de Soucy causaient avec le comte de Rocroy.

Je vois encore le groupe d'élégance et de beauté que formaient ces deux charmantes femmes en grande toilette de soirée, éblouissantes de décolletage et de bijoux, auprès de ce gentilhomme inoubliable qui était presque un géant. Découplé en force et en finesse, il portait à ravir le frac noir qui moulait son corps d'athlète, sa taille mince et sa large poitrine. Je n'ai jamais rencontré plus beau spécimen d'humanité, visage plus sympathique, front plus intelligent, bouche plus rieuse.

– Le comte de Rocroy. Le docteur B...

Une porte s'ouvrit à deux battants.

– Madame la duchesse est servie.

Au luxe des toilettes, à l'éclat du couvert et aux jonchées de roses qui fleurissaient la table, je vis que Mme de Castièvre se rappelait mes anciennes prescriptions et qu'elle entourait le duc de toutes les joies qu'elle pouvait lui procurer. Ce repas fut d'ailleurs comme un triomphe de l'allégresse. L'entrain de M. de Rocroy avait quelque chose de formidable. On me dit qu'il était renommé dans toute la cavalerie française, autant pour ses exploits de bon vivant que pour ses prouesses sportives. Son esprit nous en donnait par contagion. Mme de Castièvre s'efforçait de lui tenir tête. Mme de Soucy, toute grisée de bonheur, rivalisait de malice avec son prétendu. Bref, à plusieurs reprises, on fit sourire le duc de Castièvre ; si bien qu'au dessert, l'œil rajeuni et la joue vivante, il nous parut semblable à nous-mêmes.

Je m'en réjouis grandement. Une réunion de famille l'ayant déridé, je ne doutai pas qu'une suite de distractions intenses ne dût le guérir tout à fait. Et puisque mon hôte refusait de quitter Sirvoise, je me promis que Sirvoise deviendrait coûte que coûte un lieu de plaisir.

Aussi, dès le lendemain, je revenais à la charge auprès de mon neurasthénique, appuyant cette fois sur la cruauté qu'il y avait à condamner au cloître la jeunesse de sa femme et de sa belle-sœur.

Mais le duc résista comme la veille, avec un peu d'irritation.

– Je ne veux pas profaner Sirvoise, dit-il. Et vous serez de mon avis quand vous l'aurez parcouru. Venez, que je vous en fasse les honneurs.

Là-dessus, il m'entraîna de pièce en pièce.

Mon guide était curieusement renseigné sur l'histoire du château. Il en retraçait les fastes, chemin faisant ; et les chambres succédaient aux galeries comme les anecdotes aux commentaires. C'est ainsi que je fis connaissance avec les défunts possesseurs de Sirvoise et surtout, comme de juste, avec le roi François Ier, qui avait mené là, durant plusieurs années, sa vie d'amour et de joyeuseté. M. de Castièvre, féru de ce Valois, excellait à le dépeindre. Il déployait, du reste, en tout ceci, l'habileté d'un metteur en scène accompli, graduant ses effets, ordonnant sa visite et sa conférence suivant une progression pathétique, et me réservant le bouquet pour la fin.

Le bouquet ? Je m'explique.

Le duc me tenait depuis quelques minutes dans un cabinet obscur et bas de plafond, où sa parole chaude évoquait le spectacle d'un tournoi sous les murs de Sirvoise. Il en avait décrit les phases et commençait à discourir sur l'équipement bizarre et somptueux des champions, lorsque soudain, poussant une porte, il m'introduisit dans une salle immense, claire et fantastique. Son élévation, sa voûte ogivale rappelaient la nef d'une église. Des poutres aériennes la traversaient dans sa largeur, au niveau de la corniche. D'un côté, de hautes fenêtres en enfilade laissaient voir entre leurs meneaux la Touraine, jardin de France ; de l'autre, on avait suspendu d'inestimables tapisseries. Mais ce qui prêtait à la Salle des Gardes un caractère fabuleux, c'était une troupe d'armures qui s'alignaient, debout, sur quatre rangs, celles-ci contre les murailles, celles-là dos à dos au milieu de la nef, tandis que, tout au bout, la lance haute et monté sur un palefroi bardé de fer, un chevalier gigantesque semblait les commander.

Je ne pus retenir un cri d'admiration. Mais déjà le duc me faisait passer la revue de ses guerriers. Nous allions de l'un à l'autre, au gré de son caprice. Et je ressentais devant eux l'impression macabre que donne toujours un tel musée.

Au milieu d'armures, on croirait volontiers que les hommes de cet âge furent des sortes de crustacés, et que ce sont là leurs carapaces vidées, que l'on conserve. Il y a dans l'armure un je ne sais quoi de cadavérique et de momifié. La collection de M. de Castièvre, comme les Invalides et l'Armeria Real, tenait donc à la fois du muséum et de l'ossuaire ; et je ne pouvais chasser l'idée qu'en la visitant, je visitais les restes d'ancêtres baroques, les squelettes *extérieurs* d'une race humaine disparue.

Le duc, lui, ne semblait soucieux que d'étaler une science de l'armurerie que je ne lui soupçonnais pas. Il accablait mon ignorance de nomenclatures et de termes techniques ; il détaillait les harnois pièce à pièce, il m'enseignait le rôle des *cubitières*, l'emploi du *faulcre*, et parfois citait le nom des capitaines qui avaient revêtu ces formes et animé ces inerties.

Quelques-uns étaient illustres.

– Bonnivet… Bayard…, annonçait le duc. Le connétable de Bourbon… Toutes ces armures datent du règne de François Ier… Et, dit il avec orgueil, voici le roi lui-même !

– Quel gaillard ! m'écriai-je.

Le roi, c'était le cavalier du fond. C'était, chevauchant la statue peinte d'un percheron cuirassé de son *haubergerie*, une armure italienne, noire et damasquinée d'or. Cela faisait un grand diable d'hercule aux attaches fines, droit en selle, et qui semblait rire silencieusement par l'unique fente de son casque surmonté d'une fleur de lis.

– Armure qu'il portait à la bataille de Pavie, prétendit M. de Castièvre.

Alors, se retournant et montrant d'un seul geste la merveilleuse salle où rien ne rappelait les temps modernes :

– Comment voulez-vous que je supporte ici des anglomanes en tenue de golf ou de tennis ? Comment voulez-vous que j'y donne des five-o'clock et des raouts ? Comment voulez-vous que des snobs aux cheveux collés viennent là glisser leur boston et pratiquer leur tango avec des belles-madames habillées rue de la Paix ?

C'est à cet instant qu'un trait de lumière me fit découvrir la solution que je cherchais sans trêve dans les ténèbres de mon esprit :

– Eh bien, mais qu'à cela ne tienne, mon duc ! Pour un soir, peuplez Sirvoise de gens d'autrefois ! Organisez un bal costumé et que vos invités soient tous à la mode du temps que vous désignerez !

– Ah ! Ça !... Ça, c'est une bonne idée, par exemple !

Et je songeais :

« Ce n'est qu'une fête, une seule. Mais je gage que les préparatifs de cette fête-là vont absorber mon amateur de vieilleries pendant au moins trois semaines ! »

– L'excellente idée ! répétait le duc. Il faut la soumettre à ma femme, et tout de suite !

Naturellement, les deux sœurs furent ravies d'une proposition si intéressante, et quand M. de Rocroy nous arriva de Tours à l'heure du dîner, je crus qu'il m'embrasserait, tant ce jeune boute-en-train exulta.

– C'est vous qui mènerez le bal, Maurice, lui dit M. de Castièvre. À la guise de nos pères. Et vous savez : rien que d'anciennes danses. Pavanes, passe-pied, chacones, sarabandes. Tous devront les savoir, sous peine de faire tapisserie. Je vous en charge.

– Comptez sur moi !

– Je me charge du reste ; ajouta le duc d'un air de compétence et de satisfaction qu'il outra pour nous amuser.

Mme de Castièvre fut si heureuse de ce pauvre trait, qu'elle feignit d'en rire jusqu'aux larmes, voulant cacher ainsi qu'elle pleurait tout de bon.

J'avais calculé juste. Trois semaines durant, Sirvoise fut le centre d'une effervescence mondaine qui s'étendait à vingt lieues à la ronde.

Mes hôtes firent à Paris de nombreuses fugues, tant chez les costumiers et les couturières que dans les bibliothèques et les conservatoires. Des estampes et de vieux bouquins précieux couvraient les meubles du château. M. de Castièvre déployait une activité fébrile, prévoyant tout, préparant tout, depuis l'orchestre, qu'il voulait rigoureusement archaïque, jusqu'aux torches dont il entendait que la Salle des Gardes fût éclairée. À tout moment, quelqu'un disait : « Je vais à Tours. » Une automobile partait. Une autre rentrait, chargée de paquets. D'autres amenaient des voisins en quête de renseignements, ou qui venaient répéter quelque branle vieillot.

Ainsi, peu à peu, s'organisait la splendide reconstitution que j'avais inspirée. J'en étais fier, confus et... l'avouerai-je ? ennuyé aussi. Car il fallait bien me déguiser comme tout le monde, et je n'aime guère cela. Je priai le duc de me composer une mise simple, obscure, telle que mes confrères du XVIème siècle l'eussent approuvée.

J'étais sans doute seul à faire fi de mon déguisement. Chacun préméditait le sien dans le plus grand mystère. Nul ne voulait trahir le secret de son futur personnage, et l'on s'intriguait à plaisir.

Il n'y eut que M. de Rocroy dont nous sûmes d'avance l'avatar. Sa haute taille, sa carrure et sa sveltesse jointes à ses fonctions de maître de bal le firent désigner par acclamation pour remplir le rôle de François Ier. On lui représenta qu'il ferait un superbe monarque, avec une fausse barbe, la cuisse dégagée par un maillot collant, le jarret tendu. Il acquiesça sans cérémonie, et ce fut avec une expression indéfinissable – rêveuse et, somme toute, assez fate – qu'il reçut des mains de sa fiancée une gravure d'après le portrait du roi par Titien, où l'on voit un homme au profil railleur, coiffé d'un rond de feutre à bordure de cygne et noblement vêtu de soie et de fourrure.

Je mis à profit l'abandon relatif où l'on me laissait, pour faire quelques visites à des châtelains de ma connaissance.

Ils m'apprirent qu'en effet on avait tant soit peu clabaudé sur l'achat de Sirvoise par M. de Castièvre. La jalousie s'était donné carrière à ce sujet. « Cependant, ajoutaient la plupart, ne fallait-il pas se féliciter de ce que Sirvoise appartînt à ce bon Français, quand des étrangers et des spéculateurs épiaient l'instant de se l'adjuger, quand lord Fairborough avait déjà publié qu'il en serait propriétaire à Noël ! »

Pour l'histoire du revenant, elle était vague et banale. On en plaisantait sans l'approuver, comme d'une piètre mystification que de rares grincheux attribuaient encore au duc.

Je fus content de savoir que la tristesse de M. de Castièvre avait sa source dans la réalité, du moins en partie. Cela me confirma dans la pensée qu'il se rétablirait aisément. Car les maux imaginaires sont les pires.

Cependant, je veillais à son régime. Cela consistait à lui éviter tout excès de fatigue et toute émotion. Dans ce but, je poussai M. de Rocroy à le seconder de son mieux, ce qu'il fit autant que les exigences de son service le lui permirent. Et je bénis le Sort d'avoir fait coïncider les apprêts de la fête avec une période de repos militaire ; car, la brigade ayant manœuvré par exception deux jours d'affilée, M. de Castièvre s'énerva tellement à faire dresser l'échafaud des musiciens, que je dus mettre le holà.

Enfin, voici que tomba, sur un long jour d'été, la nuit, la glorieuse nuit du bal rétrospectif. J'endossai mon accoutrement. Il était à ma convenance, taillé dans un droguet de soutane, avec un rabat de lingerie et un bonnet carré. Cela mis, je ne sais auquel je ressemblais le plus : d'Érasme ou de Rabelais, d'Amyot ou de Montaigne.

Je fus le premier dans la Salle des Gardes. Il n'y avait, pour me recevoir au seuil de la grande porte, que des serviteurs costumés en reîtres et fort égayés de la mascarade. Quatre mercenaires suisses, armés de pertuisanes, se tenaient sur les marches qui descendaient du vestibule dans la salle. De ce point, on dominait le spacieux vaisseau comme une vision du passé. Les torches y répandaient un crépuscule rougeâtre qui laissait les voûtes dans l'obscurité. L'échafaud des ménétriers se remplissait de pourpoints multicolores. On avait rangé les armures côte à côte le long des murs, à l'exception de celle du roi. Spectatrices séculaires, elles attendaient les événements, comme des meubles et comme des fantômes.

J'allais m'avancer, quand la porte basse du cabinet livra passage à une apparition d'un caractère si frappant que je murmurai : « Charles Quint ! » avant de songer : « M. de Castièvre. »

Par quelle secrète intuition le duc avait-il choisi le sévère appareil de l'Empereur ? Savait-il combien sa prestance s'accommodait du sombre velours espagnol ? Comprenait-il dans toute son étendue l'affreux honneur de ressembler pareillement au prince maniaque ?

Il venait à moi, souverain, dans l'étalage roide et fastueux de ses godets, la jambe fuselée, les manches vastes, une plume à la toque, sa main cireuse au pommeau d'une épée.

— Regardez ! fit-il en esquissant un geste indicateur.

Et m'étant retourné, je vis deux princesses de conte qui descendaient les degrés, tenant une place énorme avec leurs immenses collerettes, leurs *gigots* bouffants et les vertugades qui soufflaient leurs jupes ballonnées.

— La duchesse d'Étampes et Marguerite de Navarre !

C'étaient mesdames de Soucy et de Castièvre. Je n'eus pas le temps de les complimenter. Une Belle Ferronnière encombrante et une sorte de Maximilien d'Autriche se présentaient au haut de l'escalier, la main de l'une au poing de l'autre. On arrivait. Je me retirai à l'écart et j'admirai la pompe du défilé théâtral où la coquetterie des seigneurs allait de pair avec celle des dames, où les Donha Sol, mêlées aux Clémence Isaure, suivaient les Hernani et les Gaston de Foix. Je comptai trois doges, un lot de Charles Quint approximatifs et jusqu'à douze Triboulet, dont l'un, sonnant du cor, menait en laisse une couple de lévriers. Les costumes rutilaient. Beaucoup d'invités n'avaient eu qu'à les faire copier sur des portraits d'aïeux. Ils étalaient leurs atours avec une aisance admirable, et marchaient et tournaient et paradaient si galamment, au rythme des violes, des rebecs et des luths nasillards, que je croyais rêver tout cela.

Une entrée à sensation fut celle d'Henri VIII, le roi Barbe-Bleue, accompagné de ses six épouses. On se divertit en reconnaissant un gros capitaine de cuirassiers et les femmes de sa famille. Mais il se dit chargé d'une contrariante nouvelle : M. de Rocroy, qui était « de semaine » à son escadron, n'avait pu se faire remplacer ; or, un accident venait de se produire au quartier ; si bien qu'il ne pourrait arriver qu'un peu plus tard. Dans un billet adressé à son camarade, il priait qu'on l'excusât et suppliait qu'on ne l'attendît point.

À cette annonce, Mme de Soucy fut dans la désolation, et M. de Castièvre se rembrunit. C'était à lui de conduire les danses, maintenant !

— Je me suis mal préparé…, dit-il.

Puis, faisant contre mauvaise fortune bon cœur, il lança pourtant cet ordre courtois et suranné :

— En place, messires, pour ce qu'il faut baller !

Sur de vieux airs charmants, on dansa pour lors quelques pas, tout pleins de grâce et solennels. Après quoi, minuit sonnant et le duc étant au bout de son savoir chorégraphique, il résolut d'attendre M. de Rocroy, et se mit, pour faire passer le temps, à nous raconter mille et une drôleries, avec une verve étourdissante, à propos des armures et de feu leurs propriétaires. Il dit les amours de l'amiral Bonnivet, les frasques de la Trémoille, le roman de Bayard à Brescia ; et soudain, emporté par je ne sais quel démon de bouffonnerie, Charles Quint se planta devant le roi de France équestre et commença de l'interpeller en un vieux français de fantaisie. Son monologue, scintillant d'esprit, chargé d'érudition, récoltait le succès d'un intermède longuement préparé. Cependant je savais qu'il était impromptu, et j'observais dans l'inquiétude cette excitation maladive qui n'avait d'autre provenance que la crainte de voir l'ennui naître de l'oisiveté.

Je n'essayai même pas d'y remédier. Les applaudissements stimulaient la fougue de l'improvisateur, et, prenant des attitudes, il disait à l'armure de François Ier :

– Ô gentil roi, mon bon cousin, toi qu'en cette heure j'ai moult regret d'avoir tenu captif – las ! que n'es-tu céans, de chair et d'os, qui tant amais carousses et frairies ! Comme tu t'esbaudirais gentillement ès danses et aultres simagrées ! Ô Gargantua, que le rire de Ta Majesté sonnerait clair...

Le duc de Castièvre se tut brusquement. Autour de lui, l'assistance recula d'instinct, violente, tumultueuse. Une chose extraordinaire s'accomplissait. On avait vu soudain l'armure apostrophée brandir sa lance et, levant les deux bras, éclater d'un rire muet. La fente du casque lui prêtait une manière de physio-nomie goguenarde. Le menaçant bonhomme s'agitait par soubresauts, et son hilarité taciturne secouait un terrible cliquetis de ferraille.

Pesamment, tel un Commandeur vivifié non pour un festin de pierre, mais pour un bal d'acier, il mit pied à terre.

M. de Castièvre était blanc comme un suaire. Sa figure effraya quelques femmes, et c'est pourquoi l'évidence d'une farce ne prévalut pas sur-le-champ. Malgré tout, ce furent de petits cris de feinte terreur, des rires étouffés et des bravos, ce fut cette rumeur de contentement, bientôt devenue l'ovation la plus flatteuse, qui répondit au salut silencieux de l'inconnu.

Une voix rieuse jeta :

– Eviradnus !

– Que nous sommes sots ! cria Mme de Soucy. C'est M. de Rocroy, voyons !

Naturellement, parbleu ! Il avait bien promis d'être en François Ier, mais rien de plus !

Charles Quint s'approcha d'Henri VIII. J'entendis le gros capitaine de cuirassiers répondre au duc :

– Ah ! il en est bien capable, l'enragé ! C'est un fameux loustic, allez ! Il m'a fourré dedans avec sa balançoire de « semaine » et d'accident ! Quel type ! A-t-il de la branche ! Regardez-moi ça !

Mme de Soucy, pendue amoureusement au bras de son fiancé, était entrée dans son jeu, l'appelant « sire » et lui présentant dames et damerets. Ils passaient. Ah ! la belle petite duchesse d'Étampes, flexible, mignonne, toute de douceurs, de dentelles et de soieries, contre ce géant rigide, dur et froid ! Ah ! comme elle était fière de son grand cavalier qui saluait si bellement de part et d'autre, sans souci de la flamberge qui lui battait le cuissard !

Les danses recommencèrent. M. de Rocroy s'y livra d'un pied léger, nonobstant le poids de sa vêture. Il tenait son rôle en conscience et s'obstinait à ne rien dire, pour essayer de prolonger un mystère que tous maintenant avaient percé. Il se taisait, mais on apercevait de loin, par-dessus les têtes, son casque fleurdelisé ; et, toujours embrassé de Mme de Soucy comme l'atlante d'airain qu'enlace un chèvrefeuille, le danseur titanesque menait le bal.

Moi, je ne lâchais pas M. de Castièvre. Et pour cause. Une frayeur sans nom persistait à lui verdir la face. Ses yeux hagards s'étaient pochés et cernés d'une meurtrissure rosâtre. Il m'effrayait.

– Diane se tient mal, me dit-il d'un air égaré.

Par le fait, la duchesse d'Étampes manquait de tenue. Le roi, son bel ami, se comportait avec elle un peu trop selon le bon plaisir. M. de Rocroy suivait de tout près le récit des vieux chroniqueurs ; il s'efforçait d'être François Ier jusqu'en ses libertés d'allure ; et, vraiment, il aurait pu épargner à Mme de Soucy certaines poses fort exquises, mais tendres à l'excès. La jeune femme, subjuguée, se laissait aller à sa fantaisie. Mme de Castièvre tenta de la rappeler au sentiment des convenances. Pour toute réponse, le couple resserra son étreinte. La duchesse revint à nous.

– Je vous en prie, dit-elle à son mari, parlez à Maurice ! Faites-le cesser ! Je ne sais quelle mouche le pique… Eh bien, qu'avez-vous ? Qu'y a-t-il ?...

Le duc venait de lui saisir le poignet, d'une main, tandis que l'autre se crispait à mon justaucorps. Je le regardai tout à coup. Oh ! sa ressemblance, alors ! sa ressemblance avec le fils de Jeanne la Folle ! sa bouche tordue, ses yeux d'halluciné, ce regard de terreur fixé sur la grande porte !... Qu'est-ce donc qui le fascinait par là ?...

Tonnerre du ciel !

Quelqu'un se tenait immobile, bien en vue, arrêté sur la première marche, dans le chatoiement d'une casaque rose à crevés blancs, quelqu'un qui était comme le tableau de Titien descendu de son cadre, quelqu'un qui était François Ier en costume de cour, quelqu'un qui était, à n'en pas douter, M. de Rocroy !

M. de Rocroy !... Il y en avait deux ?... Mais non, *l'autre* était faux ; le masque de fer, le chevaucheur du destrier de plâtre, celui-là ne s'appelait pas le comte de Rocroy !...

Comment s'appelait-il, alors ?

M. de Castièvre observait le double roi, de fer ici, là de satin. Je voyais sa raison vaciller au fond de ses prunelles.

– Un plaisant ! lui soufflai-je. C'est un plaisant qui est dans l'armure.

– Un plaisant ? Mais qui ? Personne n'est assez grand, que je sache… Mon Dieu ! docteur, entendez-vous cette marche écrasante et ce cliquetis qu'il fait à chaque pas ?... Et cette Diane qui ne sait pas, qui ne comprend rien !

Un appel de M. de Rocroy domina le chant des musiques et le brouhaha de l'assemblée dansante :

– Diane !

On le reconnut. La stupéfaction se traduisit par un silence immédiat – un silence de crypte sur le bal ! L'homme de guerre était redevenu mystérieux.

Tenant par la taille Mme de Soucy, dont la joue en feu se rafraîchissait contre sa cuirasse, et baissant vers elle son casque impénétrable, le paladin resta seul avec sa compagne, au milieu d'un cercle. On s'écartait de lui. On s'écartait aussi des autres armures, ne sachant plus si elles étaient des enveloppes vacantes ou des êtres clandestins et malfaisants qui allaient bouger.

– Diane ! appela le comte pour la deuxième fois.

Mme de Soucy tourna la tête de son côté. Elle eut un frisson, un spasme, une espèce de râle, et voulut échapper à son mystificateur. Celui-ci la retint brutalement. Elle se débattit. Mais, d'un seul bras, il la serrait comme dans un étau. Nous entendîmes la pauvre enfant gémir et suffoquer.

– Lâchez-la ! hurlait M. de Rocroy. Et découvrez-vous !

Un éclair blanc. L'inconnu avait tiré sa grande épée, d'un geste assurément très martial et familier ; puis, soulevant Mme de Soucy pantelante, nous le vîmes rétrograder vers le mur aux tapisseries, en faisant de terribles moulinets.

Alors M. de Rocroy se jette en avant. Un lansquenet creux lui a fourni sa hallebarde. Il charge ! Alors tous arrachent des armes aux panoplies humaines, pillent l'arsenal et se ruent à l'attaque de l'intrus. Les torches répandent une fumeuse lueur d'incendie, l'air chaud sent la résine, la poix et la bergamote. Dans un brouillard rouge, la mêlée bigarrée grouille et piétine, hérissée de lames et de pointes. Peu de clameurs ; des conseils, des commandements pressés ; un froissement de corps et l'entre-choc des salles d'escrime. Parfois, un juron, la plainte d'un blessé. Le son des masses d'armes qui cognent une chose invisible et retentissante. Du sang par terre. Mais toujours le casque fleurdelisé qui se dresse là-bas sur la tapisserie, et la grande épée royale qui tournoie.

Au large, des femmes allaient de-ci de-là, mordant leurs mouchoirs, fiévreuses, pâles, guettées par la crise de nerfs. Les domestiques, gouailleurs, comptaient les coups. Et dans une encoignure, deux noirs compagnons étaient le duc et moi. Je n'avais pas eu besoin de le retenir ; je le rassurais tant bien que mal. Voyant s'éterniser la bataille, il tremblait de plus belle et balbutiait des mots sans suite :

– Minuit !… Le pas… le pas sourd dans les corridors… Le bruit de ferraille… Le roi ! le roi !… Pour dieu, qu'on en finisse ! Que le jour se lève !…

– Du calme, lui disais-je. On va savoir qui est ce trouble-fête.

Mais lui, le visage tout à coup rasséréné, et donnant à sa phrase une importance navrante :

– Savez-vous imiter le chant du coq ? me demanda-t-il.

Et de courir à droite et à gauche, posant à chacun la même question tragique :

– Savez-vous imiter le chant du coq ?

Je le poursuivais de mes supplications, lorsque j'entendis la voix de la duchesse :

– Docteur ! Docteur !… Vite ! Ma sœur…

On emportait un corps inanimé, dans des rubans et des étoffes d'or. Force me fut d'abandonner M. de Castièvre et de quitter la salle.

Mme de Soucy, dégrafée, revenait lentement à la vie, étendue sur un lit à colonnes torses et entourée de figures d'un autre âge. Livide encore, avec une sombreur qui faisait comme une estompe de moustache au-dessus de ses lèvres violettes, elle gisait parmi les falbalas chiffonnés et les dentelles arrachées. Sa sœur lui maintenait un flacon sous les narines, et l'odeur de l'éther, seule, modernisait la scène.

J'écoutais le vacarme étouffé de la bagarre interminable… Il cessa… Et puis…

Et puis le duc entra dans la chambre.

Il était méconnaissable, à force d'épouvante, et pareil à jamais aux pauvres hères que l'on croise dans les préaux d'asile.

Personne n'osait interroger le fou.

Mais M. de Rocroy survint, tout sanglant, un doigt coupé… Il s'assit et garda le silence.

Instant farouche.

– Qui était dans l'armure ? haleta Mme de Castièvre.

– Terrible ! Terrible ! bredouillait le duc.

M. de Rocroy, dont je pansais la blessure douloureuse, perdit connaissance.

– L'éther ! demandai-je. Étendons-le sur le tapis.

Cela ne m'empêchait pas de songer :

« Ils auront tué leur homme. Devant ce mort, le duc, probablement, s'est imaginé que l'armure n'avait jamais contenu qu'un cadavre – un cadavre sinistrement galvanisé ! »

Mais j'étais, moi aussi, fortement surexcité. J'imaginais, en romancier, des fins de légende fantastique, telles qu'on en lit dans les contes les plus absurdes. Je faisais sortir de l'armure débouclée soit un squelette, soit une momie affreuse. Je voyais s'en échapper quelque bête simiesque – ou des bêtes-, une agglomération de rats immondes, un bloc de crapauds soudain désagrégé...

Et certes, malgré l'horreur de ces cauchemars, mes cheveux se dressèrent sur ma tête, lorsque M. de Rocroy, battant des paupières, prononça dans un souffle ces mots terrifiants :

– Il n'y avait *rien* dans l'armure.

La petite aube donnait sa clarté sous-marine. Dès que j'en eus fini avec M. de Rocroy et sa fiancée, il me fallut revenir au duc de Castièvre.

Son état nécessitait un départ immédiat, Sirvoise l'avait assez torturé. Je l'emmenai, le jour même, en Suisse. Au bout d'un mois, je l'y laissai sous la garde d'un confrère et de Mme de Castièvre – sans espoir, hélas, de guérison !

Le merveilleux est chose trop rarissime pour qu'on en détruise bénévolement l'illusion, quand on a le bonheur de la posséder.

C'est pourquoi j'ai maudit le damné bavard qui m'a demandé, l'autre fois :

– Vous savez comment cela s'est passé ? Non ? Alors, que je vous dise :

« C'est derrière la tapisserie qu'on a frappé l'inconnu – tout à fait comme Polonius dans Hamlet. Oui, *on a cru le frapper* derrière cette tapisserie vers laquelle il s'était dirigé résolument à la première alerte. Et quand la tapisserie fut écartée, l'armure était affalée dans un coin, – l'armure inoccupée – ou du moins *une armure semblable à celle de François I*^{er}... Depuis quand se trouvait-elle derrière la tapisserie ? Et qui l'avait apportée ?...

« Quant à l'autre armure, celle qui avait dansé, celle qui s'était battue... Écoutez : il y avait une porte fermée à cet endroit. On l'ouvrit après bien des efforts, au bout d'une heure. Elle donnait sur un labyrinthe de passages, et conduisait à de nombreuses issues. Il fallait moins d'une heure, certes, pour s'échapper par là !...

« Enfin, n'est-ce pas, le château de Sirvoise a été revendu presque aussi-tôt (un prix dérisoire !). J'ai rencontré par hasard son nouveau propriétaire, lord Fairborough. Un beau garçon, ma foi ! Haut de six pieds et quelques pouces. Capitaine aux horse guards. Il a grand air. Mais on lui reproche d'être fantasque, aventureux et même cruel... Il avait parié d'acquérir le domaine à bon compte, *et c'est alors que naquit la légende du château hanté.* Un voyage qu'il fit aux Indes permit à M. de Castièvre de lui damer le pion ; mais il ne se tint pas pour battu. On le croyait voguant sur son yacht... Il se pourrait plutôt que votre infortuné client l'ait hébergé à son insu, et rencontré, la nuit, dans les couloirs de Sirvoise, jouant son rôle de chevalier-spectre...

« J'ajouterai que les domestiques de M. de Castièvre ont quitté sa livrée pour celle de l'Anglais, avec un ensemble trop parfait pour n'être pas concerté...

« Vous y êtes ?

– J'y suis, grommelai-je, désolé.